LE RÊVE

DE

M. DE CHATEAUBRIAND,

le 24 février 1833, veille de son
jugement.

PRIX : 30 CENTIMES.

PARIS,

L.-A. GALLET, Éditeur, rue des Fossés-du-Temple, 45.
Et tous les Marchands de Nouveautés.

—

1833.

LE RÊVE

DE

M. DE CHATEAUBRIAND,

LE 24 FÉVRIER 1833, VEILLE DE SON
JUGEMENT

PARIS,

L.-A. GALLET, Éditeur, rue des Fossés du-Temple, 45.
Et tous les Marchands de Nouveautés.

1833.

LE RÊVE

DE

M. DE CHATEAUBRIAND.

Les partis veulent s'emparer de la dernière brochure du noble vicomte, pour en faire, au gré de leurs caprices, de leurs ambitions, de leurs espérances, un épouvantail contre le seul parti raisonnable qui soit présentement en France : ce parti c'est celui de la majorité des Français, mûri par l'expérience des longs malheurs qui l'ont accablé sous la république, qui l'ont enchaîné et décimé sous le régime impérial, ruiné et avili sous la restauration; il veut garder ce qu'il a conquis au son du canon d'un despotisme en délire et au prix de son sang le plus pur. Ses conquêtes lui appartiennent; il en a scellé les acquis par sa volonté franche, spontanée; il a repoussé la république et son effrayant cortége; il s'est choisi un roi de son sang, né au milieu de lui, épuré au creuset de l'adversité, bon père, bon époux, incomparable citoyen, entouré d'une brillante et jeune famille pleine d'avenir, offrant les plus belles espérances à nous et à nos derniers neveux; enfin, il s'est choisi un roi honnête homme qui ne trahira point ses sermens, parce qu'il les a faits sans restriction mentale; il ne cherchera point des conquêtes inutiles et ruineuses qu'il faut rendre après les avoir achetées aux dépens de tous les pères de famille, auxquels le régime impérial fit perdre l'espoir et le soutien de leurs vieux jours; il ne sacrifiera point la jeunesse française, pour remettre sur un trône usurpé sur son père un fils ingrat, rebelle d'abord aux lois de la nature, et plus tard l'esclave du systême monacal; il ne ruinera point la France par un luxe insolent, ni pour engraisser les jésuites de robe courte ou longue, leurs maîtresses ou leurs complaisans; il fera respecter sa patrie, en tenant toujours l'armée sur un bon pied, et en entretenant avec les puissances des relations d'amitié et de bon voisinage. Que veulent donc les partis, lorsque la majorité des Français s'est montrée si conséquente dans un suffrage qui est devenu universel; je dis universel, parce que les rois ne se préparaient à la guerre que dans le cas où la France, aussi imprudente qu'elle est sage, se serait républicanisée. Rassurés par la loyauté de Louis-Philippe, par la sagesse de son gouvernement, par la prudence de la majorité des Français, il ne tireront point l'épée pour une dynastie à jamais déchue, poursuivie par les ombres encore sanglantes des victimes de juillet, et par les malédictions des veuves, des orphelins, des pères et des mères privés par le plus sanguinaire despotisme des objets chers et sacrés de leurs tendres affections.

Est-ce lorsque les cendres des martyrs de la liberté sont encore fumantes, lorsque les larmes coulent encore sur des visages pâles et amaigris par la douleur, lorsque la veuve, couverte des crêpes funéraires, baigne de ses pleurs sa couche froide et solitaire, qu'il faut venir au milieu de tant de cœurs déchirés jeter un nouveau brandon de discorde? Est-ce bien l'auteur du *Génie du Christianisme*, qui, après avoir long-temps défendu les libertés publiques par ses discours et ses écrits, s'est fait tout d'un coup l'apologiste d'une légitimité douteuse, et qui, revenant de la patrie de Guillaume-Tell, du sol classique de la liberté, se déclare le défenseur d'une dynastie qui ne doit plus avoir d'autre ambition que celle de se faire oublier?

N'y aurait-il pas plutôt au fond du cœur du noble vicomte quelques anciennes réminiscences pour ce régime impérial dont il chanta les merveilles, lorsqu'une main de fer pesait sur sa tête, et qu'un génie destructeur planait sur l'Europe entière? c'est alors qu'il y aurait eu un vrai courage à montrer à l'homme des tempêtes que pour vieillir sa dynastie de dix siècles, il imitait Saturne dévorant ses enfans; mais les fossés de Vincennes n'étaient pas comblés par le cadavre d'un Bourbon, la fatale lanterne aurait pu se rallumer sur la poitrine du vicomte! il se tut et il fit bien: mais il n'eut pas raison lorsque, s'associant aux destinées du grand homme, il chanta les merveilles de son règne, en oubliant et le meurtre de ce dernier Bourbon et les chaînes qui enlaçaient les peuples sous le despotisme militaire. Quelle adresse dans les louanges qu'il prodigua au despote; l'armée entière est oubliée, les plus grands généraux sont mis de côté dans la crainte de réveiller la susceptibilité jalouse de son héros; et cependant quel eût été l'éclat de ce météore dévorant, quelle eût été sa durée sans les immortelles phalanges qu'il menait au combat et qu'il abandonna trop souvent à leurs propres destinées et aux chances aventureuses dans lesquelles il les avaient lancées? Bonaparte fut un vaste génie, sans doute, et je ne le conteste point, mais il eut de grandes faiblesses et des torts plus grands encore. Au milieu de ce conflit de bien et de mal, j'avouerai aussi qu'il eut une vertu rare, ce fut de savoir choisir et distinguer les hommes qui pouvaient illustrer son règne par leur savoir, leur talent ou leur bravoure.

Mais son héros disparu, le noble vicomte accepta la restauration, puis il la tourmenta lorsqu'il voulut acquérir de la popularité. En 1817, il trouve mauvais qu'on ne livre point les places à l'incapacité des royalistes qui, ayant vécu et vieilli loin de leur patrie dans une émigration pénible, n'avaient plus besoin que d'argent et de repos pour achever paisiblement une carrière usée par l'adversité; il s'aperçut bientôt qu'en

voulant plaire à la France, il n'avait plû qu'à un parti.
Un autre vent fait tourner la flexible girouette de l'immortel écrivain, et le voici qui frappe d'estoc et de
taille les apologistes de la censure ; il féraille en vrai
paladin contre un ministère dont il avait cessé de faire
partie. Une ambassade à Rome vint tempérer la mau-
vaise humeur du noble vicomte, et nous devons à cet
instant de calme et de repos sous le beau ciel de l'Italie,
l'immense compilation des *Recherches historiques*, aux-
quelles le savant commentateur a mis fin à la grande
satisfaction des érudits paresseux.

Mais que veut aujourd'hui ce vaste et puissant génie,
ce savant approbateur ou désapprobateur de toutes les
époques, selon que l'on a stimulé ses frayeurs, caressé
son amour-propre, flatté ou humilié son ambition ?
Hélas ! il ne veut plus rien. Comment il ne veut plus
rien, s'écrieront de toutes parts les jeunes et les vieux,
les lettrés et les illétrés, avec un savoir si étendu, une
érudition aussi profonde ; lorsqu'on possède infuse la
science gouvernementale, on doit vouloir constamment
quelque chose ; d'ailleurs ne vient-il pas de nous réga-
ler d'une nouvelle brochure ? Justement nous y voilà,
et je ne vous demande que de lire cette brochure, pour
vous convaincre que l'esprit du brillant écrivain est
endormi, et que, depuis juillet 1830, il est resté dans le
somnambulisme le plus complet : plaignons-le donc et
ne le blâmons point.

Étourdi par les fatales ordonnance, et à cette épo

que il était bien éveillé, il s'écria, par un pressenti-
ment funeste : Nous voilà arrivés à toutes les conséquences que j'avais prédites ; le canon gronde, il vomit
la destruction ; les barricades s'élèvent, le peuple est
vainqueur ! J'avais prédit toutes ces conséquences, s'é-
crie de nouveau le savant commentateur ; nous allons
avoir pour un grand peuple le pire de tous les gou-
vernemens, une république sanguinaire et destructive
comme en quatre-vingt-treize ; j'ai un beau nom, j'ai
chanté le despotisme, j'ai salué la restauration, je l'ai
tourmentée quand elle m'a repoussé ; mais j'étais revenu
à elle. Je suis pair de France, j'ai fait le *Génie du
Christianisme*, j'ai été ambassadeur à Rome, j'ai baisé
la mule de Sa Sainteté. Que de titres pour être pendu
par ces farouches républicains ! Toutes ces conséquences tirées par l'esprit du noble vicomte, la fièvre céré-
brale s'empara de lui, une abondante saignée calma
l'agitation de son cerveau ; mais, ô douleur ! l'étin-
celle divine a quitté depuis ce moment cet incomparable génie. Il marche sans voir, il répond sans en-
tendre, il écrit sans savoir ce qu'il écrit ; en un mot,
c'est bien le corps de Chateaubriand, mais privé mo-
mentanément par un sommeil léthargique des facultés
morales qui ont échauffé si long-temps son admirable
faconde.

Si sa brochure ne suffisait pas au lecteur pour le
persuader, j'ajouterais qu'on n'a qu'à le suivre dans la
marche de toutes ses actions depuis les fatales ordon-

nances, et l'on connaîtra les symptômes de la maladie qui l'a saisi pendant la catastrophe ; la torpeur le rendit muet et le bruit du canon lui fit perdre l'ouïe, puisqu'il n'entendit pas les soupirs de la république éphémère et expirante au 7 août, les bravos universels qui accueillirent le Roi des Français, et la marche funéraire qui accompagna jusqu'à Cherbourg l'ancienne dynastie. Tout d'un coup croyant, dans son sommeil, que la répudlique existe, et qu'elle n'a que faire de pairs de France, il refuse de prêter serment et abandonne sa chaise curule.

Il s'achemine vers la Suisse sans savoir où il va. Là, il rencontre tous les évêques, jésuites et abbés émigrans, ils embrassent son corps, ils l'entourent de leurs bras évangéliques, ils l'étouffent presque dans leurs saintes joies. Des malins (mais sans doute ce sont des menteurs) assurent qu'il s'achemina vers Holyrood pourvu de bonnes instructions de la *camarilla* jésuitique, qu'il offrit aux exilés de l'accepter pour gouverneur du nouveau Joas, qu'on s'aperçut, quoiqu'on fut toujours aveugle dans ce pays, qu'on parlait à un somnanbule, qu'on lui conseilla de revenir en France pour y gagner ses étriers ; ce qu'il fit très-sagement en repassant par la Suisse, puis, dormant toujours, il nous lança son inconcevable brochure. Plaignons, oui, plaignons la perte du plus beau génie qui ait honoré notre siècle. Que notre sagesse attende son réveil, il ne peut manquer d'arriver bientôt, et avec lui le patriotisme du noble vicomte dont nous pourrions à la rigueur nous passer, car à défaut de son expérience émigrée avec son esprit, nous avons la nôtre qui ne dort pas, qui se tient bien éveillée contre les anarchistes, les fauteurs de troubles et de discordes; nous l'avons achetée cher cette précieuse expérience, elle nous dit : N'écoutez point ces frelons politiques qui voudraient régenter la France pour l'exploiter à leur profit. Avec ces hommes rien n'est bien, parce qu'ils ne dirigent point le conseil du souverain, dont ils voudraient amener les pas sur les bords de l'abîme qui a englouti la branche aînée,

Lorsque le noble vicomte sortira de ce fatal somnambulisme, qui lui fait battre la campagne avec des ailes dorées et une tête de feu, il se débarrassera de cette brillante métaphysique d'expressions ampoulées, avec lesquelles il croit éblouir les lecteurs; il reviendra à un patriotisme pur et sincère dont il a paru user quelquefois, et surtout, arrêtant les ressorts de son incomparable girouette, il ne dira plus le pour et le contre, et ne se montrera pas, comme dans cette dernière production, blanc, gris, jaune et noir.

Vous demandez, Monsieur le vicomte, comment il se fait que la Vendée et le Midi soient insurgés contre le nouvel ordre de choses et qu'il faille une armée pour contenir ces départemens? voilà une bien grave injure que votre état mental fait à une partie de la France, car ce n'est plus cette ancienne et héroïque

Vendée se soulevant tout entière contre la république de 93; c'est une poignée d'assassins pillant, volant,
brûlant, assassinant quelques paisibles amis de l'ordre
et de la paix; ce n'est pas, non ce n'est pas, je le ré-
pète, les citoyens propriétaires, châtelains, fermiers,
cultivateurs, qui déchirent impitoyablement le sein de
la patrie en martyrisant ses enfans; ce sont quelques
hommes égarés par des prêtres étrangers et fanatiques,
des Trestaillons d'un côté, et de farouches républicains de l'autre. Ces prétendus apôtres de la légitimité douteuse que vous préconisez ne sont que des
hordes d'assassins pris dans dans toutes les catégories,
poussées, catéchisées, par cette secte impie, intolé-
rante, corruptrice, envahissante, ennemie perfide de
peuples et des rois qu'elle ne peut gouverner à son gré,
cette secte sacrilége qui produisit les Ravaillac, les
Châtel, les Damiens, les Jacques Clément, le père Ba-
lard et ses complices; cette secte exécrable qui ravit à
la chrétienté l'immortel et vertueux Ganganelli, c'est la
lèpre qui nous dévore insensiblement. Cause de la pre-
mière révolution elle amena la seconde; elle en voudrait une troisième pour ressaisir le pouvoir qui lui
échappa en juillet 1830. Six mille victimes dans les
trois grandes journées ne peuvent suffire à sa soif de
sang et de carnage; semblable au tigre qui lèche sa
victime avec sa langue rude, et la dévore aussitôt que
l'épiderme est entamé. Elle n'est point assouvie cette
soif de sang, par la Saint-Barthélemy de juillet et les

mitraillades de la rue Saint-Denis, il lui faut de nou-
velles victimes, n'importe dans quel rang elle les
prenne; émanation de l'enfer, le règne de la mort lui
appartient, elle voudrait la faire planer sur notre belle
Patrie, car il n'y a que l'odeur des cadavres qui fait
ses délices,

Homme de bien, secouez vos habits de voyage et ré-
veillez-vous, éloignez les miasmes putrides qui vous
environnent, et les Muses consolées feront retentir jusqu'aux cieux leurs lyres harmonieuses; rendez-nous
Châteaubriand et son beau génie, et de bon cœur nons
mêlerons nos voix au son des accords célestes pour lui
dire *Salut.*

Imprimerie de Chassaignon, rue Gît-le-Cœur, 7.